樂園的樂園

伊坂幸太郎

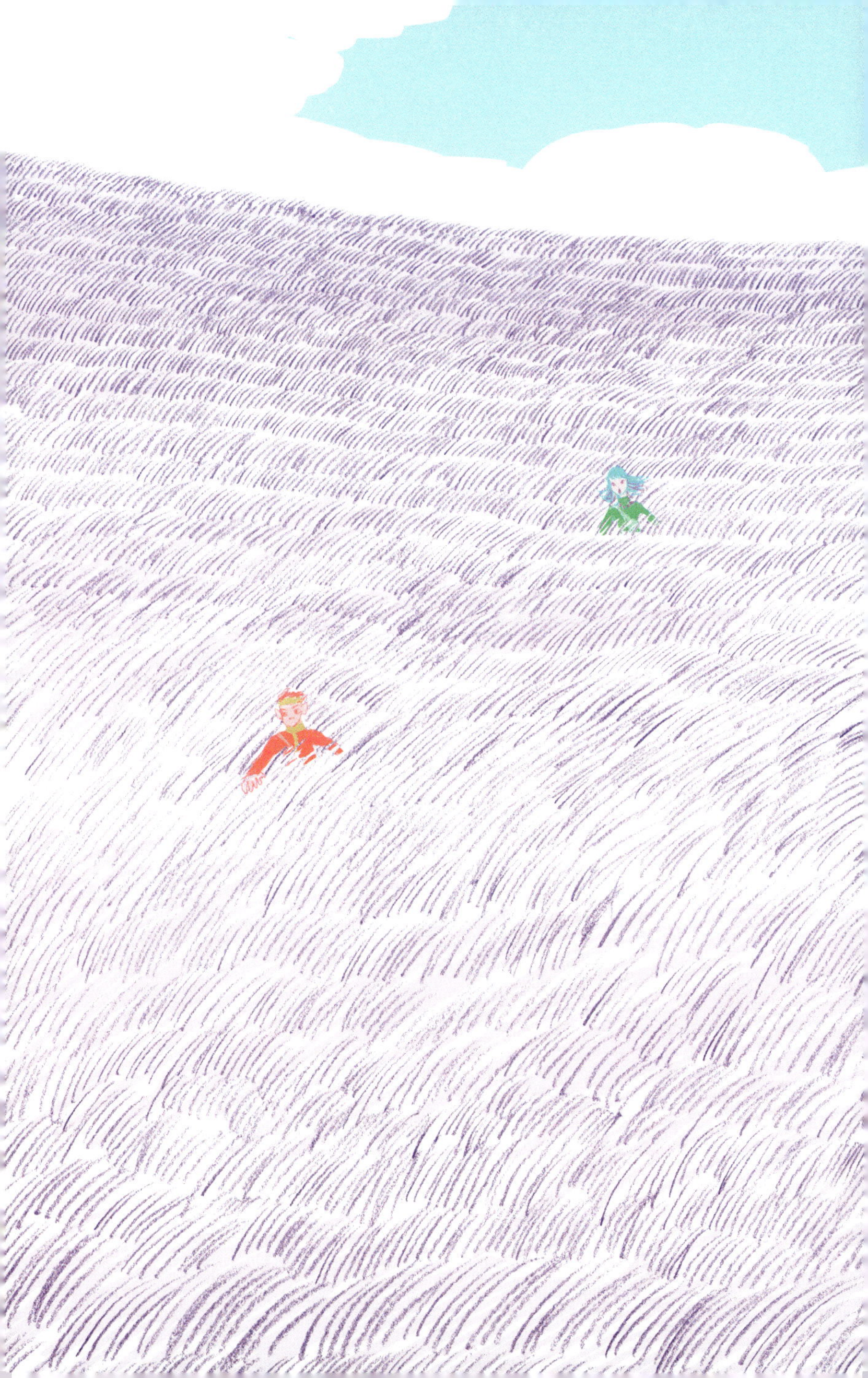

稻科雜草遍地環繞，五十九彥撥開草叢不斷前進。雜草的前端就像刷子，呈淡紫色，宛如正在橫越紫色的汪洋。完全不知道腳下有什麼，只能手腳並用，摸索前進。

「三瑚孃，妳跟上了嗎？」他朝後方喊道。

他們三個人呈一字縱隊前進，但他不想回頭。

「可以走慢一點嗎？」三瑚孃的聲音聽起來有些吃不消。

「沒辦法，我是急性子。」

「急性子有什麼好神氣的？算了。蝶八隗，你行嗎？跟得上來嗎？」三瑚孃朝更後方問。她的名字有個「孃」字，但她並非哪來的千金小姐[1]，只是一般人家的三女。她的智力測驗成績高得異常，在學校也是連番跳級。

「怎麼可能！妳以為我們下車以後已經走了多久？超過兩小時了好嗎？」

「蝶八隗，就你怨言最多。說起來，我覺得你最好減肥一下。要是身體太重，二十年後，大概五十歲就得換人工關節了。」

「是啊，眞是太幸運了。」蝶八隗可能對人類三大欲望以外的事都興趣缺缺，只會滿口「肚子餓了」、「性欲不滿足」、「好睏」、「酒池肉林」這些，也經常有一些風馬牛不相干的發言。

「哪裡幸運啊？」五十九彥稍微拉大嗓門，讓最後面的蝶八隗聽見。

「要是沒有『老師』挺身活躍，根本不曉得二十年後世界會變成什麼鬼樣子。連我們是不是還活著都很難說。要是能活到需要人工關節的歲數，那不是很幸運嗎？」

「嗯，這倒是。」

這要是兩年前，聽到「你覺得我們活得到二十年後嗎？」所有的人應該都會說「不可能」。當時每天都充滿了不安，連看不看得到明天的太陽都毫

1 譯註：「孃」這個漢字在日文中意指未婚女子，有時也帶有「大小姐」之意。

無把握。

再走了幾十公尺，雜草的高度開始降低了。再繼續往前走，遇到一些山毛櫸樹，三人決定在這裡稍事休息。蝶八隗埋怨「累死了，全身痛死了」，一屁股坐下來，拿出能量食品吃了起來。

「你說累，還吃得下那麼多。」

「也沒多少啊。」

「這可不是在誇你。」

五十九彥聽著三瑚孃和蝶八隗對話，點了點左腕的手環。地圖在空中投影出來。他確定方位，正在四處張望，這時有東西碰到他的背，他嚇了一跳回頭，只見三瑚孃正捏起果實向他出示：「你背上黏了一堆這個。」

是蒼耳子，上面有刺。「啊，是羊帶來。」五十九彥想起小時候都是這麼叫。他常跟朋友互丟羊帶來，讓它黏在衣服上。

「我是叫它羊負來。這東西很好玩，而且很厲害，像這樣讓動物幫忙把

種子帶到遠方。是無法自行移動的植物的智慧吧。」三瑚孃說。

「萬物都有智慧，是嗎？」五十九彥回應。

「啊，我身上也有好多。」蝶八隗扭轉身體，可能想摘掉背上的蒼耳子，但發現這個方向捏不到，又把身體轉向另一邊，但依然搆不著。五十九彥看著他扭來扭去的樣子，心想：或許這傢伙例外。

接下來三人摘下彼此身上的蒼耳子。

五十九彥抬頭望向天空。萬里無雲，一片蔚藍。那片藍彷彿把他的心都染成了相同的色彩。

他們似乎走上了一片平緩的小丘，可以從上方俯瞰剛才經過的草海。草原美得就像一片紫色的地毯，讓人情緒稍稍平靜下來。美好的景色，將只能發出走調音色的心調整回來了。

「離『老師』很近了。」五十九彥開口說。

「希望能順利見到『老師』。」三瑚孃說。

「休息一下再走吧。我真的不行了。」

「蝶八隗就只想著要休息。五十九彥，怎麼辦？」

五十九彥伸出右手食指，攪動空氣般輕輕晃了晃：「我們快走吧。」

「喔，是這個意思啊。」三瑚孃說。

「什麼？」

「你不是老愛那樣搖晃手指嗎？我一直納悶那到底是什麼意思。」

「喔。」五十九彥只應了這麼一聲。

數年前，世界各地爆發了各式各樣的問題，就宛如世界被宣告來日無多，出現各種臨死症狀，陷入了末期狀態。不是「秋陽如吊桶落井[2]」，而是「世界末日如吊桶落井」，一下子陷入大混亂。

各國都市發生大規模停電。

毒性強烈的病毒蔓延。

大地震頻發。

致命的一擊，是歐洲和亞洲的快中子增殖反應爐發生輻射外洩，人們因恐懼而展開大遷徙。人群移動導致感染擴大，治安也變差了，還發生了多起飛機失事意外。

五十九彥等三人接下這次任務時，在行前簡報中聽到「這些災難極有可能是骨牌效應。」

「大停電、傳染病和大地震是骨牌效應？」五十九彥覺得太荒謬了。這些事根本八竿子打不著。

「最關鍵的契機是停電。由於多個國家發生大停電，導致傳染病研究所

2 譯註：日文俗諺「秋陽如吊桶落井」（秋の日は釣瓶落とし），用來形容秋季天黑的速度極快。

的主要電源中斷，結果研究用的病毒無法控管而外洩了。據說印度的快中子增殖反應爐會失去控制，也是因爲電力中斷。那麼，怎麼會發生停電？原因還不清楚。有報告指出電纜遭到物理破壞，也有報告說是系統被植入惡意軟體所導致。飛機的連續失事，或許也跟系統故障或維修人員、機師感染病毒有關。」

「那，你是說這些都是人工智慧搞出來的？ＡＩ是多米諾高手嗎？」

在會議室裡坐在五十九彥旁邊的三瑚孃聳了聳肩說：「人工智慧到底想做什麼呢？搞不懂到底是聰明還是笨耶，好好笑。」

「雖然沒有公開，但極可能是『天軸』的手筆。」簡報負責人說。

據說世上有個基於「預測及預防天災、事故及犯罪的機軸」演算法而打造、簡稱「天軸」的人工智慧，當然，五十九彥這些普通人既不知道它的存在，也從未聽說過它的名號。

「失控的人工智慧？這在創作中已經是玩到爛、沒人想碰的哏了耶。」

「這不是創作。」

「這個人工智慧的開發者就是『老師』嗎？」五十九彥問。「是哪個學校的老師？」

「她並非實際執教的老師，這個稱呼只是用來識別的代號，本名沒有公開。她是憑著自學，獨力開發出『天軸』的技術人員。」

「你是說，『老師』成功阻止了自己一手打造的人工智慧失控嗎？」三瑚孃拍手。「『老師』太厲害了！」

「『老師』判斷這與她開發的『天軸』關係密切。她應該是認爲，既然是預測天災和犯罪的ＡＩ，就能介入停電和飛機事故吧。於是她出發了——駕駛垂直起降機。」

「『老師』眞是無所不能。」

「她一定是認爲孩子闖的禍，父母要負責收爛攤。」

「『老師』飛去哪裡了？」

「『天軸』所在的地點。我們如此推測。」

「那是哪裡？」

「機體的定位訊號在中途消失了。」

「墜機了嗎？」

「這也不清楚。唯一確定的是，從這個時期開始，停電和飛機事故都停止了，各種機關的故障也改善了。世界的病情恢復了穩定，甚至讓人興起期待，只要照這樣慢慢康復，就能恢復原狀。」

「也就是『老師』阻止了『天軸』的失控。眞是太好了，都可以拍成電影了。」

「極可能是『老師』盡到了母親的責任。」

「那，應該爲『老師』立一座銅像呢。」三瑚孃說。「畢竟如果沒有人提醒『要感謝這個人喔』，人就不知道要感謝。」

「先不管銅像，重點是，我們最近終於查到了『老師』的下落。」

「是喔？」五十九彥沒禮貌地附和。

「是一連串的巧合，讓我們偶然發現的。」

「怎樣的巧合？」

「我不知道該從何說起才正確，但『老師』把某間集合住宅的一戶當成工作室使用。她把電腦放在那裡工作。沒有人知道那個空間，她也沒有向職場報備。不過某一天，那棟房子湧出了大量的白蟻。工人前來大舉驅蟲的時候，一時失誤，不小心在某間房的牆上開了洞。那裡正是她——『老師』的工作室。」

「真得感謝白蟻呢。」

「除蟲公司和公寓管理公司試圖聯繫住戶，也就是『老師』，但使盡各種方法都聯繫不上。他們無奈之下，只好透過簽約時的登記資料找到她任職的單位，聯繫了我們。正在尋找『老師』下落的我們，才知道竟有這樣一個地方。」

「然後呢？」

「我們立刻前往調查，在那裡找到了許多電子儀器和書籍，以及應該是『老師』畫的水彩畫。」

「水彩畫？」

「就是這個。」

一幅風景畫投影在空中。不是數位著色，看起來像是以真實的畫筆和顏料畫出來的作品。構圖是仰望天空，周圍的樹木彷彿正俯身窺看著這裡。中央有棵粗壯的樹，看上去也像是朝天空伸手的巨人手臂。樹葉和茂盛的草綠，在燦白的陽光裡閃耀著光芒。

「『老師』也好會畫圖喔。」三瑚孃佩服地說。

「這幅畫的標題是『樂園』。」

「樂園啊……」五十九彥忍不住出聲。樂園究竟是怎樣的地方？是毫無壓力、沒有不滿、自由自在的土地嗎？還是可以過得奢侈浮華的環境？

「宣傳『這裡是樂園』的地方，多半都是圈套。」三瑚孃冷冷地說。

「『這裡是地獄，絕對不要來』。」

「什麼？」

「以前有人說過，來自樂園的信上這麼寫著。也就是說，世上的樂園根本就不是樂園。」

「不過這幅畫感覺滿樂園的。」

「樂園的話，應該要有一堆食物跟裸女吧？」之前一直安靜到讓人懷疑他在打盹的蝶八隗突然插口說。

「分析『老師』留下的紀錄和她傳給熟人的訊息，可以推測出設置『天軸』的地點，應該就是這幅畫的所在地。所以調查了這幅畫中的土地是哪裡。」

「誰調查的？」

「我們的ＡＩ。」

「ＡＩ調查ＡＩ的所在啊。」

「所以要派我們去畫中風景的地點，找出『老師』是嗎？」三瑚孃說。

「查到這個地點，可不是件易事。」這時簡報負責人得意地張大鼻翼，開始賣弄自己的辛苦。「分析小組將一切能夠取得的航空照、衛星照，以及全世界上傳到網路的圖片，交給ＡＩ與風景畫進行比對，但沒有找到任何與畫中景物相符的土地。我們幾乎要相信這幅風景畫完全是『老師』想像出來的產物、這片景色是虛構的，這時卻遇上了意想不到的幸運。有一架運輸物資的螺旋槳飛機失事了。」

「好意提醒一下，在談論意外事故的時候，最好不要用『幸運』來形容。」三瑚孃豎起指頭說。「這很不莊重。」

「運輸機是無人機，沒有載貨。機體墜落了，但沒有造成任何傷亡。」

「是喔？那，爲什麼飛機失事，會是幸運？」

「失事時緊急裝置啓動了。螺旋槳飛機在墜毀前一刻，將失事資訊自動傳送到負責的中心，並附上位置資訊和自動拍攝的周邊影像。就是這個。」

負責人顯示的圖片，是從地面仰望天空的森林景象。

「確實，跟『老師』的畫一模一樣。」五十九彥張開雙臂說。

上面確實拍到了一棵形狀獨特、宛如彎曲手臂的樹。

「因爲這起事故，才得知了畫中地點的位置資訊呢。確實，這可能眞的超級幸運。」三瑚嬢說。

由於除白蟻業者的失誤，發現了「老師」的工作室，在室內找到了森林的畫。接下來又因爲螺旋槳飛機失事，得到了疑似畫中地點的位置資訊。

「那，找到『老師』以後，要怎麼做？」

「我們有許多問題要問『老師』。發生了什麼事？現在是什麼狀況？『天軸』怎麼了？世界的災難是怎麼停止的？我們想知道細節。順利的話，或許可以更好地運用『天軸』。還有……」

「還有？」

「我們想要向『老師』道謝。感謝她在世界步向毀滅，原以爲已無力回天的死亡前夕，阻止了這場悲劇。」

「也得問她能不能幫她立銅像嘛。」

「要前往目的地，必須經過嚴重感染地區。」

「哦，原來如此，所以才叫我們來嗎？」

五十九彥出生在宮城縣仙台市。多金的母親和某個國會議員發生外遇，他就是這段「接合」而非「結合」產下的結晶。

他從小就有花用不完的金錢，在親情上卻極度匱乏，在幾乎形同放棄育兒的忽視中成長，從懂事的時候開始，就不喜歡待在家裡。

五十九彥最爲突出的特徵，就是他超群的運動能力。他的身體就像彈簧做的，爆發力十足，沒有人教就會後空翻，任何運動兩三下就能掌握訣竅，並且上場活躍。劍道和柔道等武術也一樣，只要學會規則和動作，即使面對體格比他更高大的對手，也能立刻取勝。

東北地方有個不得了的逸材，雖然還不確定是「哪方面的逸材」，但確實是個逸材——這件事透過口耳相傳及網路傳播開來，許多運動指導員都前來挖角五十九彥，但本人對任何項目都不感興趣，沒有熱中投入特定運動。

中學臨近畢業的時期，五十九彥經常蹺課，但又承受不了待在家的無聊，開始在街上遊蕩，不知不覺間開始頻繁地引發暴力爭端。鬧事的理由每次都不一樣。對象有時是同齡的男生，但有時也會跟年長許多的大人互毆。

沒多久，他發現驅使他這麼做的，是對於「高高在上的傢伙」的憤怒。只要看到欺凌、侮辱別人的人，或是明明力量相距懸殊，卻單方面施暴的人、認爲自己是世界中心的人，他好像就會無法忍耐，在意識到之前就先開打了。

他克制不了自己。那就像開關切換，是全自動的行動。

即使是一對多、或對方持有武器，五十九彥照樣把對手打趴。任何攻擊他都能閃過，以驚人的速度移動，並以驚異的爆發力發動攻擊，一般人根本招架不住。

五十九彥身邊的人都把他視爲危險人物，避之唯恐不及，唯有一個他在十幾歲的時候遇到的教師對他的未來十分關心，每當他闖禍，就會露出失落的表情。

那名年輕女老師的名字是「美美雨」，也就是「美麗再美麗的雨」，她和其他大人不一樣，把五十九彥當成同齡朋友一樣對待。她也常說一些奇妙的話，像是：「我常作一個夢喔。在夢裡，我在一個陌生的國家，讓死人行走。」五十九彥聽得一頭霧水，她苦笑說：「我自己也覺得很怪，可是那個夢很眞實。每次夢的最後，我都會流鼻血翻白眼，拚命念咒文。」

「也太爛的夢了。」五十九彥有些同情。

「是啊。可是，有時也會像粘在人身上的蒼耳子，覺得很幸福。」

「蒼耳子幸福？我第一次聽說。」

「先不管這個，在夢裡，我說：『可以讓悲傷就只是悲傷，後悔就只是後悔，切割開來。』」

「這是什麼意思？」

「我也不曉得。不過確實，最好不要把各種感情混淆在一起。悲傷和後悔最好不要混爲一談，不滿和憤怒也最好分開來。」

「是這樣嗎？」

「即使討厭一個人，也不能去恨他。麻煩的對手，也不一定就是敵人。」

「更莫名其妙了。敵人就是敵人。」

「你可以讀讀這個。」她用手機傳了一篇古董級的小說給他。

五十九彥不習慣讀小說，但那篇無法離開岩洞的山椒魚和青蛙的故事[3]，卻奇妙地讓他印象深刻，因此總算是讀到了最後。他這麼報告，老師很開心，問他感想：「你覺得怎麼樣？」

「我覺得根本就是個性扭曲的山椒魚不對。不過，也因爲這樣，青蛙最後一句話讓我耿耿於懷。青蛙爲什麼那樣說？[4]」

「或許是因爲青蛙可以好好地把感情切割開來。因爲人的感情是很複雜的。」

「牠又不是人，是青蛙。」五十九彥糾正，接著說：「細節不重要，算了。」

「嗯，這就是你的優點。」老師笑道。

「什麼？」

「你總是說細節不重要，很寬容。總是用一句『算了』，放過絕大多數的事。」

「我只是急性子而已。想了也沒用的事，去想也不能怎樣。鑽牛角尖老半天也沒差的話，倒不如繼續往前走比較好，對吧？」五十九彥說著，晃了晃食指，那是像敲打空氣般的動作。

這是他的習慣動作。「細節不重要，快點前進吧」、「算了，下一個」，這樣的情緒讓他這麼做。

老師愉快地嘆了口氣，模仿他豎起食指晃了晃。

總而言之，認識五十九彥的人，總是既像預言，又像擔憂地說「五十九彥遲早會幹大事」，至於這個「大事」是好是壞，沒有人知道。

他們說這話時心中所想的，當然是五十九彥那超群的運動能力和好鬥的性情。沒有人想得到，到頭來他最管用的特質居然會是「健康」。

---

3 譯註：指井伏鱒二的短篇小說〈山椒魚〉，描述在洞裡長大後出不去的山椒魚，某天看到青蛙意外掉入洞裡，便擋住出口讓牠也出不去，此後兩人便在洞裡彼此仇恨地度日。

4 譯註：在〈山椒魚〉的舊版中，最後山椒魚問奄奄一息的青蛙：「你現在在想什麼？」青蛙回道：「我現在也並不恨你。」不過作者晚年將包括這部分的最後一整段刪除了。

五十九彥從來沒有感冒過。不過他自己也從未意識到這多特別。學校爆發流感，同學和老師一個個請假，就只有他絲毫沒有不適，只覺得「我運氣眞好，都沒被傳染」。輪狀病毒、諾羅病毒、腺病毒、冠狀病毒，還有引發腸胃炎和感冒症狀的各種病原體，多不勝數，人類就是在幼年時期感染這些病毒，建立免疫，所以他一直相信自己在小時候得過這些。

然而並非如此。

他自出生以來，一次都沒有得過傳染病。

他是在動膝蓋手術時得知這件事的。

二十歲的時候，也就是距今五年前，他一如往常被捲入——應該說引發——暴力事件，結果弄傷了膝蓋。他以為自己就會好，沒想到痛了很久，去醫院檢查後，被診斷為「半月板損傷」。

「半月板幾乎沒有血液流動，所以和其他部位的骨骼不同，不會自行痊癒。只能切除了。」醫生說。

五十九彥震驚極了。他經歷過的扭傷、韌帶損傷、骨折和脫臼這些傷，都隨著時間過去自行痊癒了，然而半月板卻不會自己好起來嗎？

動完全身麻醉的內視鏡手術後，醫師前來報告說：「半月板受損的部分已經切除了。切掉了大概一半。」

「半月板切掉一半，所以變成四分之一月板了。」五十九彥打趣說，但醫生沒理他，只是接著說：「還有，我們發現了一件重要的事。我看到手術前做的血檢報告，大吃一驚。」

「有什麼好吃驚的？」

「手術前我們檢查了你的病毒抗體力價，發現對於二十種病毒，你的抗體力價全都高得不尋常，對毒性的抵抗力也十分驚人。」

「蛤？那什麼？」這事有重要到甚至忽略他四分之一半月板的玩笑嗎？五十九彥有些不滿。

「專家剛好過來了，請他們說明好嗎？」外科醫師依然面無表情地說，明明五十九彥說「不好」，他還是把「專家」帶來了。

剛動完膝蓋手術的五十九彥無路可逃。

現身的「專家」從病毒侵入人體後，人體的防禦機制開始說明。

首先體內的嗜中性球會消滅病毒，來不及的話，巨噬細胞就會出動攻擊病毒。這些資訊傳送到淋巴結，T細胞開始動員。殺手T細胞會猛烈攻擊病毒，輔助T細胞則召集B細胞，B細胞根據病毒資訊製造抗體，參與戰鬥。而T細胞的活化，與一種叫Zap-70的酵素相關，而你的情況，是這種酵素極端活躍。

說到這裡，「專家」總結地說：「簡單來說，你的免疫力異常強大，即使感染了病毒，發病的可能性也極低。」
「可以說得更簡單一點嗎？」
「你擁有驚人的免疫力。」「專家」似乎自暴自棄了，說得非常簡略。
「所以怎樣？」五十九彥只能皺眉。「我不容易感冒，是嗎？」這件事他早就知道了。
「你不會感冒的程度異乎尋常、令人驚訝。」
「你的表情看起來並不驚訝。」
「因爲已經過了驚訝的歷程。」
「歷程？」陌生的詞彙讓五十九彥一陣惱怒。「所以你們要我怎樣？」
「其實……」
「專家」接下來說明的委託，完全超乎他的預期。他希望五十九彥去東京都內的醫院照顧病患。
「我又沒有護理師資格。」

「資格我們會想辦法。現在沒有任何人能夠在那裡的病房活動。某家醫院收到的病患，感染了不明的新病毒。醫療人員活用過去疾病大流行的經驗，採取最嚴密的感染控制措施，感染者卻愈來愈多，並且不斷變成重症。靠近病患的人也都一個個倒下了。」

「是喔。」

「也找不出傳染途徑，我們陷入苦戰。坦白說，別說苦戰了，已經瀕臨潰敗。不過你就不用擔心感染，可以在院內活動。」

接下來的幾星期，五十九彥在醫院大顯身手。他主要的工作是送餐送藥、量體溫和簡單的照顧，但也會在醫師的指示下，使用醫療器具。

一個人在院內可能遭受感染的區域來回行動，不管在體力或肌力上都是極大的挑戰，但五十九彥如魚得水。他不僅爆發力過人，還擁有出色的耐力，徹底發揮了堪稱運動天才的天賦。

因五十九彥的照顧而康復的病患當中，有一名傑出的傳染病研究家，他福至心靈地查出病毒的種類，並發現現有的藥物組合能有效對抗該病毒。從這時候開始，狀況便逐漸好轉了。

院方人員和負責人都很感謝他，說「多虧有你，才能救回這麼多人」，並讚嘆說「你真的有金鐘罩呢」。後來五十九彥才被知會，其實院內的感染病患當中有一名外國貴賓，若是他有什麼三長兩短，很可能發展成國際問題，對國內帶來巨大的動盪。

後來五十九彥的生活也沒有特別的變化，他也都快忘了自己那「驚異的免疫力」，這時突然接到了新的委託。

那是五個月前的事。

「我要去哪家醫院？」五十九彥問，對方有些抱歉地說：「這次的委託，規模更大一點。」儘管態度抱歉，卻讓五十九彥感受到一股不容他拒絕的強烈意志。「就像你知道的，不久前全世界幾乎是天翻地覆。」

「你是說停電、流行病那些嗎？最近不是稍微好轉了嗎？」

「這次的委託與這件事有關。」

五十九彥一眨眼就被叫去了東京，與跟他一樣擁有「驚異的免疫力」的兩人——三瑚孃及蝶八隗組成團隊，奉命找出「老師」。

五十九彥在山毛櫸樹下做伸展運動，說：「既然把畫作標題取名叫《樂園》，『老師』所在的地方，一定是個像樂園的地方吧。那個，亞當和夏娃原本待的地方就是樂園對嗎？」

「亞當跟夏娃是吃了某些果實，才被逐出樂園吧？」蝶八隗說。

「原來也有蝶八隗知道的事啊。」三瑚孃說。

「別小看我。跟食物有關的資訊我都記得住。」蝶八隗挺胸說。「很厲害吧？」

「好厲害喔。」三瑚孃用機械語音般的語調說。「與其說是果實，那是智慧之果吧。是《舊約聖經》的故事。亞當跟夏娃住在樂園，那裡有生命之樹和智慧之樹。他們吃了上帝禁止的智慧之樹果實，被趕出了樂園。這就是所謂的原罪呢。人類生來就背負著原罪。」

「生來就背負原罪嗎？」「好像喔。」

「那果實一定看起來超好吃吧。」

「總覺得光是稅金和年金就已經把人壓得快喘不過氣了，還要叫我們背負原罪，眞的會壓死人耶。總之，因爲這個原罪，此後的人類都必須承受生存的痛苦，也會死亡了。就是這樣的內容。」

「是喔。」五十九彥也不怎麼感興趣，心不在焉地應著。

「我呢，覺得亞當跟夏娃被逐出樂園的故事，是爲了給人類一個理由而編造出來的。」

「給人類理由？什麼意思？」

「想聽嗎?」「呃,也還好。」

「人只要活著,就會遇到許多莫名其妙的事吧?會覺得:爲什麼我非遇到這種事不可!」

「也許吧。」

「全是些讓人忍不住質疑『爲什麼!』的事,對吧?可是只要有原罪,就能解答這一切了。『因爲我們有原罪』、『因爲亞當和夏娃犯了禁忌』,可以像這樣來解釋。」

「應該也有很多人無法接受吧?」

「我也不接受啊。可是總比毫無理由要來得好。再怎麼說,人最厭惡的就是不明白理由。人無法忍受沒有理由。因爲無法忍受,才會希望凡事都有個理由。」

「希望凡事都有理由?我可不會這樣。妳怎麼會這麼說?」

「五十九彥,你聽了可別嚇到,你那句『妳怎麼會這麼說?』,就是在要求理由喔。因爲『怎麼會』就是在找理由。」三瑚孃笑道。「也就是說，人這種生物只要遇到痛苦的事，就會想要找理由來解釋『我怎麼會遇上這種事』。『因爲那樣，所以這樣』、『因爲做了那件事，所以變成了這樣』，最喜歡這種了。」

「最喜歡？誰最喜歡？人嗎？」

「或許可以說是大腦吧。大腦想要同時知道原因和結果。因爲可以透過學習原因和結果的組合模式，找出更好的行動選擇。這就像人工智慧的成長方式。我們即使在沒有自覺的情況下，也不斷地在思考。爲什麼？怎麼會？只要看到新聞，或是得知體育賽事的結果，就會冒出這些疑問。原因是什麼？怎麼會是這種結果？是哪裡做錯了？透過掌握原因和結果，活用在下一次，以便在重來的時候做得更好。人類應該就是像這樣不斷地進步的。大腦已經變成這種樣子了。A會變成B。做了C所以變成D。大腦就是想要吸收這樣的例子。」

「三瑚孃，這個話題也扯太久了吧？」蝶八隗不滿地說，但三瑚孃充耳不聞。

「所以人類才會相信任何事物都有理由，任何事物都有故事。」

「故事？」

「因爲故事是因果關係的寶庫。很好笑吧？」

「沒什麼好笑的啊。」

「『因爲做了那種事，所以遭到了天譴』、『因爲幫助別人，所以得到了意想不到的幸福』、『因爲得到了強大的魔法，所以成功擊退了可怕的敵人』，故事裡面充滿了這樣的情節。『他們兩人之所以對立，是因爲遙遠過往的宿怨』，這類因果關係，大腦看了就開心。你們知道人類的腦袋只是看見移動的符號，就會編造出故事嗎？聽說只要看到三角形和倒三角形移動，人就會自動幫它們編故事。很好笑對吧？」

「沒什麼好笑的啊。」

「大腦相信任何事物都有意義。我覺得這就是大腦會這麼發達的原因。尤其是遇到不合理的事時，爲了想要一個理由，大腦甚至會自己編造出故事。大腦相信結果必定有理由、必定有故事。亞當跟夏娃的原罪也是一樣的。」

「所有的疑問，全都是因爲人有原罪是嗎？」

「光是聽到有理由，人就會接受了。人死後還有另一個世界的說法也是一樣的。我們無法接受自己會死，必須逃避這個事實，否則就會發瘋，所以才會想要相信死後還有另一個世界的故事。」

「雖然妳這麼說，但現在相信死後世界的人才是少數吧？」

「那是因爲科學漸漸證明了這個故事是虛假的。只有科學能夠對抗故事，但這麼一來，又出現了讓故事看起來合理的僞科學。往後應該一直會是眞假科學之爭吧。」

「又不是只有人才會死，貓狗也會死啊。」五十九彥低頭往下看，看見綠葉。一條像蝴蝶幼蟲的毛蟲蠕動著全身移動著。「昆蟲也會死。牠們就不需要原罪嗎？」

三瑚孃看向五十九彥：「因爲昆蟲沒有死亡的概念。只有人類知道自己的生命有限。」

「三瑚孃，妳問過了嗎？」蝶八隗慢悠悠地問。

「問？問什麼？」

「問昆蟲：『你知道什麼是死亡嗎？』」

「抱歉，沒有。」

「既然這樣，妳怎麼知道昆蟲沒有死亡的概念？」

「說得也是。」三瑚孃同意。「總之我想要表達，人類眞的太在意故事了。」

「啊，這樣啊。」五十九彥總算漸漸理解三瑚孃所說的內容了。「比方說，與其教小孩子不能說別人壞話，倒不如跟他講個說別人壞話嘴巴就爛掉的民間故事，效果更好，是嗎？」

「沒錯。」三瑚孃點點頭。「不光是小孩子，大人也是，比起道理，更容易受到感情左右。要刺激對方的感情，比起一般說明，故事更有效果多了。柏拉圖想要放逐詩人，就是這個原因，不是嗎？即使國家想要團結民心，但如果有個讓人們嚮往個人自由的故事，人們就會受到吸引吧。詩人太危險了，所以要把他們放逐。」

「原來如此，我也是，比起『性病正在蔓延』的資訊，聽到被傳染性病而變得慘兮兮的男人經歷，更覺得恐怖，也會更警覺呢。」

蝶八隗悠哉地說，三瑚孃不帶感情，平板地說：「哇，眞令人感動。」

「嗳，我們本來在聊什麼？」五十九彥說著，晃了晃食指。

這五個月來的旅程老是如此。他們在艱困的險境中挺進，有人提起某些話題，結果立刻聊到奇怪的地方。三人的旅程就彷彿被散漫無章的閒聊所點綴，五十九彥也頗爲樂在其中。

「這個國家也有北美一枝黃花呢。」三瑚孃對著長著黃色花朵、高及胸口的草叢繁茂之處說。

「妳說這個嗎？」

「在日本很常見，不過本來是從美國還是哪裡傳進來的外來種。這裡也有。」

「就像每個國家都有的漢堡連鎖店呢。」

「這種北美一枝黃花，在日本的競爭對手是芒草。它的生長區域和芒草、稻類一樣，所以會釋放化學物質到土壤當中，阻礙芒草和稻

類的生長。」三瑚孃說。「會釋放化學物質，妨礙其他植物呢，是不是很厲害？所以一枝黃花才會在日本繁榮起來。」

「感覺好差喔。」

五十九彥想像利用化學武器這種凶惡的武力，打擊原有的居民，掠奪領土的侵略者，覺得很不舒服。他覺得那是他最討厭的「高高在上的傢伙」。

「我是在說，植物很聰明。植物自己沒辦法移動，也沒有手腳，卻擁有各種智慧。比方說，你知道高麗菜不想被

菜蟲吃掉的時候，會怎麼做嗎？」

「我哪知道啦？難道會討救兵嗎？」五十九彥覺得厭煩了，不假思索地回應。

「好好笑，被你說中了。高麗菜還眞的會找救兵。它們會發出氣味，召喚菜蟲的天敵寄生蜂，讓寄生蜂幹掉菜蟲。很驚人的機制吧？高麗菜自己沒辦法趕跑菜蟲，卻可以像這樣來應付。」

一行人走了一段路，停下腳步。

五十九彥叫出地圖，四下張望。

「好奇怪。」他說。「目的地就在這附近了，卻只看到雜草，根本沒有森林。」

五十九彥等三人在嚴格的移動管制下，從東京出發，搭乘小型噴射機來到大陸。下機以後，在抵達這片丘陵地區之前，他們經歷了漫長的車程。受到兩年前的全世界大混亂餘波影響，每個國家都把資源挹注在國內的維安上，各國之間的情報分享停擺，結果五十九彥等人的旅程成了幾近非法的祕密行動。因此他們在各地遇上了各種困難。

比方說，當小型噴射機降落，三人一下飛機，便立刻遭到ＡＩ巡邏機器人大軍包圍，差點被拘捕。但三人臨危不亂。三瑚孃從口袋裡取出一根小棒子，折成兩半，釋放出電磁波，癱瘓了半徑數十公尺內的通訊，因此無人機型的機器人紛紛墜落，地面行駛型的機器人則當場倒地。五十九彥發揮了他的敏捷身手，四處跳躍擊倒武裝人員，蝶八隗則是把倒地的人們一口氣抱起來扔出去。

開車前進的時候，也遇上飛車追逐。他們侵入某個設施，取得前往西方需要的密碼時發生的事。保全系統探測到逃離的他們，多輛車子追了上來。三瑚孃的開車技術一流，一再切換方向盤，陸續甩掉追兵。

「有一台緊咬不放。」三瑚孃看著照後鏡喃喃道。副駕的五十九彥彷彿說著「那就輪到我上場了」，打開行駛中的車門，跳了出去。照理說不可能正常著地。車子正在高速行駛，人應該會直接往後滾去，但後座的蝶八隗從窗戶伸手撈住了五十九彥的腰帶。蝶八隗的肌力超乎想像強大，等於用伸出車窗的一隻左手提著五十九彥。

五十九彥一邊確認車速，一邊規律地以腳蹬地。一般人的話，腳碰到地面的瞬間應該就會被彈向後方了，但五十九彥不會。他就像在高速運轉的跑步機上，藉著蝶八隗的支撐跳躍奔跑。

五十九彥頻頻確認與後方車輛間的距離。三瑚孃慢慢地踩下煞車。

「好！」五十九彥話聲剛落，蝶八隗便斜斜地將他的身體向上拋去。

五十九彥在空中旋轉，向後飛去，硬生生撞上後方車輛的引擎蓋。擋風玻璃被撞出裂痕，但由於都在意料之中，五十九彥從容自在，扭過身去，給了驚愕的駕駛一個笑容。緊接著那輛車子因緊急煞車而打轉並停止。五十九彥若無其事地跳下馬路，追上三瑚孃和蝶八隗的車。

他們曾經擊退找麻煩的不法之徒，也曾經花了好幾天翻越沒有登山道的高山，結果三瑚孃從懸崖滑落，蝶八隗和五十九彥手牽著手把她撈上來。

總之，這段旅程絕不輕鬆，反倒是歷經千辛萬苦，因此五十九彥忍不住要祈禱，他絕不希望在最後一刻，遇上「地圖畫錯了」這種結局。

這時傳來振翅聲。仔細一看，一隻小蚱蜢飛了起來。

蚱蜢落地又飛起、落地再飛起，一跳一跳地往前進。

五十九彥正單純地想「這隻蚱蜢好像在幫忙帶路」，三瑚孃和蝶八隗竟也說「牠好像在幫我們指路」。

三人面面相覷，點了一下頭，決定跟著蚱蜢走。

卻萬萬沒料到一腳踩個空。

雜草叢生，讓人錯以爲土地一片平坦，但其實前方變成了陡峭的下坡。

「啊！」驚呼的同時，人已經往下滑落了。由於角度陡急，有種筆直墜落的感覺。五十九彥連忙伸手抓住周圍的草木，但全被他連根拔起，絲毫無法拉住他。滑落的速度愈來愈快，身體一翻，接下來整個人開始翻滾。

五十九彥滑個不停，彷彿永遠都無法止住了。他急了起來，心想這樣下去會狠狠地撞到地面。他思考該如何在落地時承受撞擊。

以爲撞上去了，但那裡並非地面，而是一層厚達數公尺的枯葉。

五十九彥克制著淹死在枯葉海中的恐懼，泅泳般匆匆爬了出來，將跑進嘴裡的五顏六色葉子呸呸吐出來。

三瑚孃滑到了落葉堆上，蝶八隗則是一路滾進落葉堆底下。兩人好像都沒受傷，各自爬了起來，三瑚孃拍掉身上的沙土，笑著說：「這什麼？好好笑，簡直就像自由落體。」蝶八隗則說：「肚子餓了。」

四下瀰漫著淡淡的霧氣，無法看到遠方。白霧濃淡變幻不定，就像有微風在吹動。

左看右看都是霧，就彷彿周圍被一層白膜覆蓋了。

淡霧彼方，看得出是一大片樹林。每棵樹的樹幹都很粗壯，上面刻著許多深邃的紋路，散發出宛如從容自在的哲學家般氣勢。

「這種地方居然有森林，嚇我一跳。」三瑚孃說。

「是從草叢掉下來的地方嘛。谷底有森林。」廣大的草原有個洞，底下存在著一片森林。

「這不是屋上架屋，而是森下有森呢。」

「會不會是因爲這片迷霧，所以衛星照片都拍不到？」

三人在白霧中前進。每棵樹樹幹都十分嶙峋，布滿了樹洞、樹瘤和凹陷，與其說是植物，不如說更像生物的手腳。

「這是杉樹嗎？」「印象中杉樹更筆直挺拔呢。」

眼前的樹木外觀，就像正扭曲身體，大膽地擺出歌舞伎演員的亮相動作，和挺拔完全沾不上邊。

空氣沁涼。

三人愈走愈沉默，漸漸地，所有人都不說話了。被踩踏的雜草和樹枝發出清脆的沙沙、啪嚓聲。

完全無法掌握森林有多深邃。一方面是迷霧遮蔽，但主要還是樹木太密集了。

五十九彥觸碰手環確認地圖，發現他們的位置已經在目的地了。就在附近了。

「啊，那是什麼？」蝶八隗指著前方說。

迷霧另一頭，出現了一團與森林樹木色調格格不入的異質物體。

並非泥土或草木這類自然素材，而是人爲加工過的鐵板和玻璃等碎片。隨著距離縮短，三人理解了狀況。

是一架螺旋槳飛機。

再繼續靠近，發現藍白二色的機體一半插入地面翻覆了。主翼不見了，尾翼也斷了。零件散落一地。

「這很像那架失事的物資運輸機呢。上面有空運快遞的標誌。」三瑚孃說。「掉在這種地方，製造麻煩啊。」

「雖然多虧了這場事故，才能知道位置資訊。」

五十九彥左右張望，再次環顧周圍，但迷霧遮掩下，什麼都看不清楚。

這時五十九彥發現三瑚孃和蝶八隗不見了。

他們丟下我了嗎？五十九彥慌了一下，結果是虛驚一場，兩人只是被霧氣遮住了，其實意外地近。

他們杵在原地。

爲什麼？循著他們的視線望去，立刻就明白理由了。

前方聳立著一棵大樹。

五十九彥等人的前方，出現了一棵完全不足以用「大樹」形容、宛如高塔般的巍峨巨木。

巨木的樹幹極其粗壯，感覺即使二十個大人手牽著手圍成圈，也無法將其環抱。

它巨大的樹幹朝左方傾斜，參天入雲。表面有著比其他樹木更複雜的隆起與樹洞，讓人聯想到肌肉和骨骼，甚至有點邪門。

「居然有這種樹。」五十九彥歪頭想要看清全貌，卻因爲霧氣干擾，無法看出有多高。他連自己看得張口結舌都沒發現。

一旁的三瑚孃也張著嘴，呆呆仰望樹木。

「這與其說是樹，根本是山或懸崖了吧。」蝶八隗也目瞪口呆了。

這時由左向右流動的霧氣出現空隙，露出了比剛才更多的樹影。

「啊，這是兩棵樹呢。」三瑚孃伸手指去。太巨大了，先前難以掌握全貌，但原來巨樹的旁邊還有另一棵樹。看起來像是兩棵樹交纏在一起。

五十九彥興起一股這輩子從未經歷過的顫慄。是一種被數十人包圍、或面對危險武器時也完全無法相提並論的恐懼。

大得不像樹的這兩棵巨樹，雖然龐大得超脫常理，但還是可以理解，但它們宛如彼此擁抱般交纏在一起的姿態，讓人感受到某種超出樹木範疇、令人畏懼的事物。

五十九彥感到一股近似孤寂的不安。是一種會被一腳踩扁的恐懼。然而他也滿懷敬畏，覺得被如此的事物碾碎也是無可奈何。

天吶，這太厲害了！

他情不自禁地發出充滿敬畏的驚嘆。

「太驚人了。」三瑚孃也呆掉了。

這時，蝶八隗悠哉地指出：「噯，這不就是那個樹嗎？」

「那個樹？哪個樹？」

「不是才剛聊到嗎？《聖經》裡面亞當跟夏娃偷吃的那個。」

「哦，生命之樹和智慧之樹。」三瑚孃回應。「你是說，這兩棵樹就是那個？」

「我是食物專家。」

五十九彥不知道生命之樹和智慧之樹是什麼模樣。他並未想像是眼前這樣的巨樹，但他確實從眼前的樹上感受到，宛如從歷史開篇更遙遠的古時就在那裡一般、歷經無從想像歲月的沉重，如果說這兩棵樹扮演了對人類的關鍵角色，他完全可以同意。

三瑚孃點點頭：「如果是生命之樹和智慧之樹，或許就具有這樣的魄力。」

三人好一陣子就僅僅凝視巨樹，不久後，他們注意到極上方的位置有繩狀物在晃動。

位置非常高。

五十九彥張大眼睛細看。

橫向伸展的樹枝上垂掛著繩狀物。會知道那並非植物藤蔓，是因爲枝椏上還勾著一大團布製物品。五十九彥覺得這片自然的美景被布料和繩索這樣的人工物玷污了，甚至感到不悅。

其他兩人也抬頭往上看。

「降落傘？」「是降落傘嗎？」「是降落傘啊？」

「準備好了嗎？」蝶八隗站在距離五十九彥約十公尺的地方，雙手交握在腰前問。

「我隨時ＯＫ，你才是，準備好了嗎？」

還沒聽到蝶八隗的回答，五十九彥已經蹬地前奔。大腿彷彿爲了久違的全力奔跑而歡喜。他揮動手臂。

雖然從未試過，但五十九彥認爲應該會成功。他從未在這類特技運動中失手，而蝶八隗在這類的體能協助方面，也一向可靠。

五十九彥在恰到好處的地點一躍，跳向蝶八隗的身體。蝶八隗的雙手就像托盤一樣朝上擺放。右腳踏上去，把蝶八隗的手當成跳板。

蝶八隗一抓到五十九彥的右腳，立刻使勁全力朝上推。就像發射火箭，

把五十九彥拋投上去。

五十九彥抓準時機拉直身體，猛力往上躍起。

身體不斷上升。宛如要突破天際般筆直往上飛。許多小樹枝打在臉上和身上，但五十九彥不在意。他定睛注視，抓住了目標樹枝。

調整姿勢，設法將身體往上拉。降落傘的布好像纏得很緊，即使五十九彥整個人掛在繩索上，它也沒有被扯下來。

雖然是樹枝，但粗壯得算是一棵樹了。

「眞是，纏得亂七八糟的。」

五十九彥一邊確定立足點足夠安全，一邊拚命解開布料和繩索。有些地方就像卡進了樹皮裡。

五十九彥總算是耐著性子解下降落傘，向下招呼一聲後，將布塊拋下。片刻後，才傳來物體落地的聲響。

好了，要下去也是一番辛苦吶——五十九彥再次從樹枝上環顧四下。

可能是風勢，迷霧散去了。

正下方是仰望著這裡的三瑚孃和蝶八隗，他們的周圍比想像中還要明亮，因爲那裡綻放著一大片白花。在地面的時候只顧著仰望巨樹，所以完全沒發現，其實四周地面開滿花朵。不只有白花，各處都有色彩和形狀相同的花朵一簇簇盛開。

一道細微的聲音引得五十九彥轉頭，發現他站立的樹枝有鳥停駐。雖然有段距離，但枝頭前端並排著幾隻鳥。牠們有著亮眼的藍色羽毛，身形圓滾。應該是五十九彥跳上來之後才停落，卻一臉若無其事，彷彿老早前就待在那裡了。

五十九彥再次望向下方，發現花朵周圍有花瓣在飛舞。他訝異那是什麼，原來是蝴蝶正優雅地翩翩舞蹈。

眼前的景象如此祥和，如此美得令人驚異。

各種生物和平共處，動植物無憂無慮，原始地存在那裡。

原來如此，樂園就是這樣啊。

五十九彥在內心自語。

映入眼簾的景色，全都充斥著未經雕琢的自然之美。

是原初的光景。

是萬物之始的樂園。

放眼更遠處，他在有段距離的地方發現了一間與樂園格格不入的小屋。

五十九彥抓住樹幹的凹處，感受著攀附在神聖巨人身上的悚懼，慢慢地爬下樹。

「辛苦了。」回到地面時，三瑚孃慰勞說。

「這棵樹大得可怕呢。」五十九彥陳述感想。

他丟下來的降落傘，已經被蝶八隗用不像他的細膩摺好了。「也許是『老師』迫降時用的。」

「對了，我從上面往下看的時候發現了。」五十九彥說。

「發現什麼?」

「那邊有間小屋。」

森林裡的那間小屋，簡陋到讓人猶豫能否稱之小屋，是一間外行人用外行手法拼湊木材蓋出來的簡陋小房子。屋頂上裝設了像天線和太陽能板的東西。

打開門口，裡面是約三坪大的空間，前面有一張木桌，堆著許多終端機器，屋內深處則放著畫圖的工具。

「『老師』不在這裡呢。」

屋子很小，也沒有收納空間，一看就知道沒有人。

「可是，這裡應該就是『天軸』的開發地點吧。」三瑚孃指著桌上的小終端機說。機器約是小型冰箱尺寸。

「人工智慧這麼小就行了喔？」

「這年頭，這種尺寸就很夠了。」

「就是它失控，搞得全世界的系統都失靈了嗎？」

就這麼小的玩意兒？雖然難以置信，但五十九彥有點想要一腳踹飛它，大罵：「就是你害的！」

三瑚孃面對終端機，啓動空間顯示器。她以手指觸碰操作，以指尖敲擊空氣面板，動作宛如彈琴般優雅。浮現空中的螢幕顯示了幾個文字串。

她打算解除密碼鎖，啓動系統。

無所事事的五十九彥在室內踱來踱去。蝶八隗轉了轉頭，靠在牆上做起伸展操來。

約三十分鐘過去，五十九彥感受到一股宛如空氣發麻般刺激的震動。

忽然，一名女子的立體影像浮現出來，把五十九彥嚇了一跳。

「長途跋涉辛苦了——我應該這麼慰勞嗎？你們應該是從日本來到這裡呢。」影像中的女子出聲。

「應該是設定成系統一啓動，就播放這段影像。」三瑚孃說明。「是常見的導覽。」

「這就是『老師』嗎？」「大概。」

因爲只是播放預錄影像，因此無法交談互動。只能聆聽對方的訊息。

「我大概明白你們爲什麼會來到這裡。我已經用『天軸』模擬過了。辛苦你們大老遠來這裡找我，我卻無法接待，實在很抱歉。」

「老師」年齡不詳，看起來很年輕，也似乎有年紀了，說話方式很高雅。她看起來非常惶恐，但不清楚對什麼惶恐。

「我懷疑世界各地連鎖發生的事故和事件與我一手打造的『天軸』有關，所以來到了這裡。但我在降落垂直起降飛機時失敗了。我利用降落傘逃

生，結果被勾在那棵樹上。你們應該已經看到那棵樹了吧？我被降落傘勾在樹枝上，掛在那裡好幾天，以爲已經沒救了，但後來掉到地上了。」

五十九彥回想起剛才自己回收降落傘的地點高度，佩服地想：從那裡掉下來居然沒事嗎？結果立體影像中的女子似乎預期到這樣的反應，接著說：

「結果我受了重傷。或許應該說，我沒死眞是奇蹟。我的腰骨顯然骨折了，我花了一整天才爬到這裡。但我沒有餘裕爲自己的傷勢感到痛苦。因爲就在我拖拖拉拉的時候，我打造的『天軸』也正在世界各地引發各種災難。我有責任。我必須找到『天軸』失控的地方，加以修復。我眞的拚上老命。」

她應該傷得非常重。這個人的責任感也太強了吧！五十九彥不禁傻眼。三瑚孃和蝶八隗似乎也有相同的感受，彼此對望。

「但是我錯了。」

聽到意料之外的話，五十九彥吃了一驚。因爲他早已認定「老師」是不會錯的。

「錯了？」「哪裡錯了？」

「『天軸』並沒有任何異常。『天軸』不但沒有失控，反而運作得極其規律，絲毫沒有偏離我建構的演算法。」

五十九彥蹙眉，忍不住再次望向三瑚孃。

「發現只是杞人憂天一場，我鬆了一口氣。雖然受了重傷，但得知『天軸』是清白的，我如釋重負，接下來只需要回去日本就行了。我這麼想，但這時發生了問題。我完全無法聯絡外界了。」

聽著「老師」的聲音，五十九彥困惑起來。因爲事情的發展正在偏離他的預期。

原因不是「天軸」？

「我是一個人來的，必須有人來接我才行。當初我在這裡展開研究時，架設了天線，利用衛星通訊連接網路，然而訊號完全失靈了。起初我還很樂觀，心想是某些零件故障所導致。我相信只要查出是哪裡故障，通訊功能就會恢復。我認爲只要我的傷好了，就有辦法搞定，便拐著腳走出小屋，結果吃了一驚。因爲通訊失靈的原因，跟我原先的猜想天差地遠。你們猜，原因是什麼？」

她依舊只是預錄影像，不可能回應他們的回答。

「是蝙蝠、老鼠、蛾等許多這類生物造成的。」

一瞬間，五十九彥不懂她在說什麼。他覺得這個答案太跳躍了，懷疑是不是切換到其他影像去了。

「生物？什麼跟什麼？」蝶八隗說出內心的困惑。

「牠們團團圍繞住天線和通訊纜線。蝙蝠拍打翅膀、老鼠啃咬纜線。當然，我一時之間無法理解，但確實發生了電波障礙。是蝙蝠發出的超音波及物理破壞造成的。簡直就像是眾多的生物爲了孤立這裡而團結行動。」

團結行動？

「緊接著我想到了一個重要的事實。」「老師」說到這裡，停頓了一拍。或許是在嚥口水。

她再次開口，說：

「不只人類擁有智慧。」

不只人類擁有智慧？五十九彥不明白「老師」到底想要表達什麼。

「還有另一件事。所謂智慧，是神經網路的產物。」

* * *

「重要的是外面那兩棵巨樹。」「老師」繼續說道。

「自從約十年前，我第一次發現這個地方時，我就深深地被那兩棵巨樹吸引。它們實在太巨大、太不真實，甚至讓人不敢稱它們爲樹。可能是因爲我覺得這座谷底的森林宛如樂園，我感覺那兩棵樹就像是《舊約聖經》裡的樹——生命之樹與智慧之樹。」

蝶八隗故意清了清喉嚨，一副「我就說吧」的樣子。是對自己的想法跟「老師」一樣而感到驕傲吧。

「所以我才會認爲我手中的人工智慧應該要在這裡開發。因爲新的人工智慧，就等同新人類，對我而言，『天軸』就像亞當和夏娃。我是亞當，『天軸』是夏娃，或許反過來說也可以。總之，我認爲這座樂園就是最適合的地點，所以才會選擇在這裡設置『天軸』。待得愈久，我愈覺得這座森林就是樂園。不是說這裡待起來很舒適，或者說就像天堂、極樂世界，而是因爲這裡充滿了自然之美，一種萬物的起源、未經擾動的生物以原有的面貌存在的美。這裡讓我眞切體會到：沒錯，我們人類就是來自樂園。」

我們來自樂園。

這句話深深地觸動了五十九彥的心弦。

來自樂園，然後呢？

「每當我感覺思考遇到瓶頸，或覺得累了，就會到那兩棵樹前面仰望它

們，鎮定心緒。想要讓腦袋休息的時候，我會在森林裡漫步、畫畫。得知通訊被生物所妨礙時，我也爲了設法讓驚慌的自己冷靜下來，走到那兩棵樹前面。然後，我第一次思考了關於根的問題。」

「根？」

「那兩棵樹如此巨大，遍布地底的根肯定超乎想像地粗長，而且錯綜複雜。那兩棵樹是否透過根系與地面、從地面與大氣，或是從樹枝樹葉與其他的昆蟲、生物，連繫在一起？想到這裡，我發現這是個龐大無比的網路。就如同網路是運用人類的集體智慧，即使動植物以我們不知道的方式彼此連結、進行各種交流，構成一個巨大的智慧，也絲毫不足爲奇。」

「她說不足爲奇耶。」五十九彥想要喃喃出聲。「她到底在說什麼啦？」

「我想到NI這個詞。」

蛤？五十九彥蹙眉。

「因爲那並非人工智慧——Artificial Intelligence，而是自然智慧——

Natural Intelligence。」也許是對這個有如天眞孩童的命名感到靦腆，只有這時候，「老師」的表情稍微緩和了一些。「雖然就像文字遊戲。」

「不是AI，是NI？什麼意思啦，莫名其妙。樹和根到底怎樣啦？」蝶八隗也不耐煩地埋怨。

「這座森林裡，大自然的植物與生物組成一個網路，形成了一個巨大的智慧。這個智慧會爲了達到目的，對植物和生物下達指令。是地球上一切生物的集體智慧。」

五十九彥試著想像植物和其他生物利用看不見的電波交流溝通的景象，結果失敗了。

他想起了會說話的稻草人[5]故事。據說在東北地方的某座離島，有個在遙遠過去製作的稻草人，塞滿它體內的昆蟲、花草、土壤和水分，發揮了如

5 譯註：此指作者的出道作《奧杜邦的祈禱》中的稻草人。

同大腦突觸的功能。

這裡居然有像那個稻草人，規模更大、更高等、範圍更廣大的事物嗎？不知不覺間，五十九彥衝出了小屋。

有一部分想要逃離「老師」那聽來十足可疑，卻又魅惑人心的說法。他以最擅長的快跑跳躍著，回到了那兩棵樹前面。

它們的巨大震懾人心。可能是因為霧氣消散，樹影益發清晰，看起來比剛才更巨大了。

風強勁地颳過谷底，呼嘯出聲。霧氣暫時散光。也許是風從樹下往上捲起，落葉紛紛飛舞。

他聽見一道強勁的轟隆隆聲響。

在捲入霧氣般的強風呼嘯中，巨樹低吼，顫動枝椏。在五十九彥眼中就像如此。他一陣恐懼，連忙搖了搖頭。

「喂，五十九彥，是不是有點古怪？這棵樹看起來是不是比剛才更生龍活虎啦？」蝶八隗說。他追上來了。

「你也這麼覺得嗎？」

「對啊。喏，就像那個，看起來就像吃到好吃的東西，充飽了電。或是換了顆新電池，還是打開了開關。」

「眞的就是這種感覺。」五十九彥回答，同時「啊」了一聲。

「怎麼了？」

「不，沒事。」他反射性地否定，因爲腦中浮現的想法實在過於異想天開了。

「說啦，你想到什麼？」

「我們不是拿下纏在樹上的布嗎？」五十九彥指著上方。

「是啊，剛才的降落傘。雖然幾乎都是你一個人做的。」

「會不會就是它造成了障礙？」

「什麼障礙？」

「你說打開開關，讓我想到了。不是有絕緣體嗎？不導電的材質，玻璃、橡膠那些。會不會那個降落傘也是類似物質？」

「哪裡有電啦？」

電只是一種譬喻。五十九彥想到的是大腦中的神經傳導物質。

「會不會是對那兩棵樹來說，纏在上面的布和繩索成了阻礙？不是說大腦的血管會阻塞嗎？中風那些。或許就像那種感覺。降落傘纏在上面，卡住重要的節點，導致流通不順，讓人工智慧——『老師』說的ＮＩ指令無法通行。會不會是這樣？」

「五十九彥，你正經八百說什麼瘋話啊？」

五十九彥聽到有人靠近，回頭一看，三瑚孃過來了。

五十九彥在她開口之前，搶先把剛才告訴蝶八隗的內容告訴了她。他說，如果這兩棵樹出現變化，會不會是拿掉了降落傘殘骸的緣故？

「啊，果然。」

「三瑚孃，什麼果然？」蝶八隗說。

「後來『老師』的影像說，我們應該是被引誘到這裡來的。」

「被引誘？」

「『老師』說，這一切都是安排好的。」

「莫名其妙。」

「很好笑對吧？」

「不好笑。誰啦？誰安排了什麼？」

「你忘記我之前說過的嗎？高麗菜的事。」

「高麗菜？」

「高麗菜快被菜蟲吃了，所以召喚菜蟲的天敵。高麗菜會釋放寄生蜂喜歡的氣味，引來牠們，擊退菜蟲。」

「妳是說過。妳說這是植物的智慧。」蝶八隗回應。

「就跟那是一樣的。」

「一樣？什麼東西一樣？」

「植物爲了自救，釋放出帶有氣味的化學物質。讓蜜蜂運送花粉也一樣。植物自己無法移動，所以採用這樣的方法。」

植物自己無法移動。

五十九彥吟味著這句話，再次仰望聳立在眼前的巨樹。它們無比巨大，威嚴十足，彷彿全知全能、無所不能，卻無法移動，連一個降落傘都無法自己取下。

「這棵樹爲了讓人類取下身上礙事的東西，把我們帶來這裡——從『老師』說的內容推測，就是這樣。爲了引誘我們，必須準備蜜糖對吧？就像高麗菜用氣味引來寄生蜂那樣。那，你們覺得人類最愛的東西是什麼？」

「人類最愛的東西？是什麼？」

「喏，」三瑚孃回答。「就故事啊。」

「我不是說過嗎？我們的大腦渴望故事。」

「妳是說過。」提點重要的事，向來是三瑚孃的角色。

「有個開發人員打造了人工智慧。發生在全世界的異常現象，會不會是那個人工智慧失控造成的？開發人員認爲自己有責任，阻止了人工智慧，結果世界暫時回穩了。然後人們必須找出那名下落不明的那名開發人員。那個地點在傳染病肆虐的地區，因此具備不受感染的強大免疫力的人雀屏中選。是不是很常見的情節？就算不到老套，卻是很順理成章的劇情發展。」

「等一下。」

「『老師』說，全都是這兩棵樹想出來的。我聽了是笑出來了啦，想說：咦，眞的假的？」

「太扯了吧。說起來，自然智慧的目的是什麼？」

「也許樂園關注著被放逐的亞當和夏娃。」

「關注？」

「因爲犯禁而被逐出樂園的亞當和夏娃，他們的子孫——也就是我們，過著怎樣的生活？或許一直在關注吧。」

「關注？誰在關注？」

「就樂園啊。仿傚『老師』的說法，就是NI。NI一直在看著我們的所做所爲。」

「妳說的我們是……呃，我們？」五十九彥用手指畫了個圈，圍住包括自己在內的三人。

「應該說，」三瑚孃展開雙手，囊括三人周遭全部。「是我們全部。亞當和夏娃之後的，簡而言之——」

「人類嗎？」五十九彥說出口，覺得瞬間承認了自己的罪。

「ＮＩ在觀察人類的發展。ＮＩ可能經年累月，一直和鳥類、植物、昆蟲和動物這些人類以外的一切存在聯手，追蹤調查我們喔。」

「什麼啊？妳是說，匪諜一直都在身邊嗎？」蝶八隗傻眼地說。

「然後，ＮＩ終於決定動手排除了。」

「動手排除？」

「就類似行刑。」

「喂喂喂，我們——人類做了什麼嗎？是怎樣？因爲人類破壞環境、毫無理由地讓生物滅絕，讓ＮＩ生氣了，決定反擊了嗎？」

三瑚孃靜靜地搖頭：「那也是一種故事。老套的故事。我們會渴望理由。如果自己要被排除了，就會想：怎麼會這樣？我們做錯了什麼？想要知道原因，好在下一次做得更好。」

「下一次？還有下次嗎？」

「或許實際上根本沒有什麼原因。不是破壞環境、害動物滅絕這類簡單

明瞭的理由，也許站在它們的角度，人類本來就是非正常的存在。啊，對啊，大概就是這樣吧。」三瑚孃說著說著，似乎也想到了什麼，音調變高了。

「什麼啦？」

「或許就像是侵入體內的病毒或細菌吧。本來覺得丟著不管也不會怎樣，但後來發現還是不行，決定清除了。」

「這什麼爛比喻啦？」

「比方說，如果有病毒侵入我們體內，爲了阻止病毒增殖，白血球那些免疫機制就會活躍不是嗎？就跟這一樣，與其說是我們對它們做了什麼，更應該說人類從一出現就是異物了，所以它們才開始排除而已。」

「我們是病毒？」

「人一感冒就會發燒對吧？發燒是爲了打倒病毒。還會關節痠痛、全身無力。雖然只是暫時性的，但身體會變得很虛弱。至於爲什麼，這都是爲了對抗病毒。」

「這又怎麼了嗎？」

「幾年前全世界的狀況，或許跟這是一樣的。免疫機制發動，世界變得一片狼藉。這會不會是ＮＩ爲了擊退侵入的病毒而下各種指令？」

「ＮＩ到底能做什麼？」

「最近的天災異變，不是來自停電和傳染病嗎？新的傳染病是源自蝙蝠和各種動物，再擴散開來。然後動物可以咬斷電線，製造大停電。這些全都可以透過人類以外的力量引發。不需要人類的同意。」

「妳是說，那些都是故意的嗎？就像免疫反應？不可能連地震也是動物搞鬼吧？妳該不會說地震是海中的鯨魚橫衝直撞引發吧？」

五十九彥勉強想要笑。然而面對巨樹，想想它在地底深處擴散四面八方的根系，他忍不住害怕起來，覺得它要天搖地動也並非難事。

「只是，ＮＩ可能也沒算到『老師』會降落失敗。『老師』不是用降落傘逃生，纏在那兩棵樹上嗎？會不會因爲這樣，導致它們自己的網路出現了

障礙？」

「陷入腦中風狀態嗎？」蝶八隗難得說出有條理的話。

「即使靠鳥或其他動物的力量，也無法取下降落傘。它走投無路，只好召喚我們。就像高麗菜呼喚寄生蜂那樣。藉由讓我們想像如蜜糖般誘人的故事。然後不出所料，我們傻乎乎地過來了。簡而言之就是這麼回事。」

「什麼簡而言之啦……」

「爲了這個目的，ＮＩ還讓其他的飛機——運輸物資的螺旋槳飛機墜毀。這樣一來，就能把位置資訊傳給我們。要讓飛機墜毀，只要鳥群團結起來就能辦到。」

五十九彥想要用一句「太扯了」笑著帶過，卻失敗了。

「我是覺得不可能啦，可是剛才落葉不是變成緩衝墊，讓我們安全落地嗎？那些落葉不會也是爲了讓我們安全抵達而鋪在那裡吧？」蝶八隗指著來時路說。

「我們一直呼天搶地說世界末日要來了，但我們想錯了。」

「怎樣錯了？」

「要結束的是人類的世界。對人類以外的生物來說，世界不會結束。只是我們人類自以爲人就是世界的全部罷了。」

聽到三瑚孃這話，五十九彥當頭棒喝，接著苦笑起來，因爲他想起自己最討厭高高在上、自以爲是世界中心的人。

他接著想起了自己的膝蓋。半月板受傷時，醫生說「這不會自己好起來，只能切除」。他一直以爲就跟骨折或肌肉拉傷一樣，丟著不管也會好，因此感到很錯愕，不過或許我們人類也是一樣的？

丟著人類不管，世界也不會好起來。或許樂園就是發現了這件事。

突然一陣強風撲來，發出巨大聲響。五十九彥嚇得跳了起來。是鳥兒飛起來了。之前到底都躲在哪裡？數不清的大批鳥群從地面飛起，朝巨樹頂端飛去般消失不見。振翅聲和草木磨擦聲在山谷迴盪。

還聽見像哺乳類動物的吼叫。看不見身影。那聲音並非威嚇，而是帶著幾許淒涼的長嘯。

五十九彥和三瑚孃及蝶八隗對上了眼。兩人的表情變得很不安。

完全就是巨樹的樹幹陣陣脈動，急速推動看不見的齒輪。再也無從制止，他們三人一定會如同它們想要的，就這樣被驅逐出境。

五十九彥摀住了耳朵，但不確定是否眞的聽到了聲音。感覺也像是杳然無聲。

五十九彥意識到是森林、是巨樹、是樂園發出了聲音。它們是否正以無聲之聲向他們道別？

這也是一種故事。都到這個節骨眼，自己的大腦仍想要編織出故事。

三人緊緊挨在一起。

他們只能沉默地注視兩棵巨樹和飛舞的落葉，以及其他樹木搖擺呼應的模樣。蝴蝶不知從何而來，開始聚集，甲蟲爬來爬去。

大自然的一切都活潑躍動著，彷彿在說人造之物僅是障礙。

「所以『老師』到底去哪裡了？」

「『老師』沒有說。」三瑚孃說。「或許她放棄一切，決定要在這座森林的某處迎接世界末日。」

「也可能已經死了呢。」

「當然。或是正在設法阻止。」

「老師」也有「老師」自己的故事嗎？

五十九彥發現自己的衣服黏到了蒼耳子。他摘下來隨手扔掉，卻覺得這也是安排好的功能之一，比方說監控他們位置資訊的ＧＰＳ裝置。它們一直在彼此傳送我們的位置嗎？五十九彥害怕起來，煩躁地把蒼耳子一顆顆摘下來丟棄、扔掉。

他激動起來了。

但扔到一半，他停住了手。

因爲他覺得，自己對蒼耳子興起近乎憤怒的情緒，好像哪裡不太對。他不覺得這些果實是敵人。

它們也不恨我們。

他忽然這麼想。

因爲他想起了青少年時期老師送他的那篇小說最後一行，青蛙對山椒魚說的話。

緊繃的身體放鬆下來。

可以讓悲傷就只是悲傷，後悔就只是後悔，將兩者切割開來。

一點都沒錯。那隻青蛙也發現了吧——原來自己把不安和憤怒混在一起。

彷彿正等待這一刻，一隻美麗的青鳥劃出優雅的弧線降下，停落在五十九彥的肩頭。

轉頭一望，圓溜溜的眼睛和小巧尖銳的鳥喙映入眼簾，五十九彥心想：眞可愛。

濃霧瀰漫。五十九彥的視線逐漸遮蔽，感到自己的思考開始遲鈍。他確信，他們即將被萬物起源的森林吞噬，在這裡結束生命。雖然會想像倖存下來、活在未來的三瑚孃和蝶八隗，並對「續命」抱持一絲期待，但此時此刻的我們已經劇終了，故事落幕。

周圍的景色彷彿被風呼嘯著攪成了一團。漸漸地，轟隆作響的暴風聽起來宛若是合唱般悅耳的和聲。這是獻給人類滅絕的音樂。五十九彥不是用耳朵，而是用全身聆聽著。

「它們也不恨我們。」

五十九彥的意識核心逐漸變得朦朧，卻沒有絲毫不快。

風、沙土、樹葉渾然一體，形成漩渦，將五十九彥的身體捲入其中。他不經意往旁邊一看，三瑚孃和蝶八隗同樣被風圍繞。兩人都看著這裡，他們一定都悟出來到生命的終點了，但蝶八隗一臉豁達地聳聳肩，三瑚孃則眯起眼睛，豎起食指，應該在模仿五十九彥平常的動作，輕輕地晃了晃。

參考文獻

《亞當與夏娃：世代相傳的「中心神話」》
（アダムとイヴ　語り継がれる「中心の神話」）
岡田溫司　中公新書

《故事洗腦術：從商業行銷、形象塑造到議題宣傳都在用的思想控制法則》
（The Story Paradox: How Our Love of Storytelling Builds Societies and Tears them Down）
強納森・歌德夏（Jonathan Gottschall）　高寶出版

《植物比你想的更聰明：植物智能的探索之旅》
（VERDE BRILLANTE. Sensibilità e intelligenza del mondo vegetale）
司特凡諾・曼庫索（Stefano Mancuso），阿歷珊德拉・維歐拉（Alessandra Viola）　商周出版

《植物革命：植物如何塑造人類的未來》（暫譯）
（Plant Revolution: Telling plants to shape the future of society）
司特凡諾・曼庫索

《山椒魚》
《山椒魚》
井伏鱒二　新潮文庫

樂園的樂園

原著書名：楽園の楽園
作者：伊坂幸太郎
原出版者：中央公論新社
翻譯：王華懋
編輯總監：劉麗真
責任編輯：詹凱婷

總經理：謝至平
榮譽社長：詹宏志
出版社：獨步文化
城邦文化事業股份有限公司
115 台北市南港區昆陽街 16 號 4 樓
電話：886-2-250008888　傳真：886-2-25001951

發行：英屬蓋曼群島商家庭傳媒股份有限公司城邦分公司
115 台北市南港區昆陽街 16 號 8 樓
客服專線：02-25007718 ／ 02-25007719
服務時間：週一至週五　09：30 ～ 12：00
13：30 ～ 17：00
24 小時傳真服務：02-2500-1990 ／ 02-2500-1991
讀者服務信箱 E-mail：service@readingclub.com.tw
網址：www.cite.com.tw
劃撥帳號：19863813
戶名：書虫股份有限公司

國家圖書館出版品預行編目資料

國家圖書館出版品預行編目 (CIP) 資料
樂園的樂園 / 伊坂幸太郎著 ; 王華懋譯 , -- 初 版 . --
臺北市 : 獨步文化 , 城邦文化事業股份有限公司出版 :
英屬蓋曼群島商家庭傳媒股份有限公司城邦分公司發行 ,
2025. 08　面 ; 公分　譯自 : 楽園の楽園
ISBN 978-626-7609-61-3(精裝)
861.57　　114007533

香港發行所：城邦（香港）出版集團有限公司
香港九龍土瓜灣土瓜灣道 86 號順聯工程大樓大廈 6 樓 A 室
電話：(852) 2508-6231　傳真：(852) 2578-9337
城邦 (馬新) 出版集團
Cite (M) Sdn Bhd
41, Jalan Radin Anum, Bandar Baru Sri Petaling,57000 Kuala Lumpur, Malaysia.
Tel: (603) 90563833　Fax:(603) 90576622
email:cite@cite.com.my

封面設計：高偉哲
印刷：中原造像股份有限公司
排版：游淑萍

● 2025 年 8 月初版　定價 399 元
RAKUEN NO RAKUEN by Kotaro Isaka

Illustrations by Shizuka Ide

ISBN：9786267609613 (精裝)　9786267609620 (EPUB)